LE FUGITIF.

LE FUGITIF,

Par S. Henri BERTHOUD.

PIÈCE COURONNÉE PAR LA SOCIÉTÉ D'ÉMULATION DE
CAMBRAI, DANS SA SÉANCE PUBLIQUE DU 16 AOUT 1823.

A CAMBRAI,

CHEZ S. BERTHOUD, IMPRIMEUR DU ROI.

M. DCCC. XXIII.

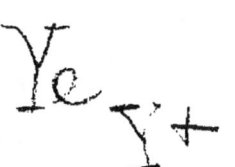

LE FUGITIF.

Son génie a brillé dans la nuit du malheur.
LA HARPE.

» Ouvrez au voyageur, ouvrez, daignez ouvrir,

» Ou bientôt, sans secours, il me faudra mourir.

» Me laisserez-vous suivre une route perfide,

» Où m'attend du brigand le poignard homicide?

» Que j'obtienne un abri, seulement pour un soir!

» Demain, avant le jour, je fuirai ce manoir.

« Hélas ! un peu de pain est tout ce que j'implore.

» Au nom du Dieu souffrant que le chrétien adore,

» Ouvrez au voyageur ; ouvrez, daignez ouvrir,

» Ou bientôt, sans secours, il me faudra mourir. »

Le Pasteur, qu'entourait sa famille attentive,

Chantait, en ce moment, la ballade plaintive

Qu'aux rivages du Nord il apprit autrefois :

C'était deux orphelins expirant dans les bois.

Paul, auprès de ses sœurs, les yeux baignés de larmes,

Immobile, écoutait ce récit plein de charmes ;

Tout-à-coup on entend les cris du voyageur :

Et, muets de surprise et pâles de frayeur,

Les enfans ont volé dans les bras de leur mère,

Qui cherche à déguiser son trouble involontaire.

Mais le berger leur dit : « C'est un infortuné,

» Sur ces monts dangereux sans doute abandonné.

» Si demain, mes enfans, au seuil de la chaumière,

» Nous le trouvions, sans vie, étendu sur la pierre,

» Les yeux encor tournés vers de lointains climats,

» Où l'attendent ses fils, qu'il ne reverra pas?... »

Il parlait ; aussitôt le jeune Paul s'élance ;

Il ouvre en s'écriant : « Bon voyageur, avance,

» Viens t'asseoir avec nous près du vaste foyer ;

» Mais tu souffres ; sur moi tu pourrais t'appuyer :

» Mon bras te soutiendrait comme il soutient mon père. »

— « O généreux enfant, que ta bonté m'est chère ! »

Lui répond l'étranger ; et, d'un pas chancelant,

Il est venu s'asseoir près du foyer brûlant.

Son regard douloureux et son front jeune encore,

Qu'un sombre désespoir flétrit et décolore,

LE FUGITIF.

Et les accens plaintifs de sa touchante voix,

De pitié, de respect émeuvent à la fois.

Tout, dans ses nobles traits, d'une longue misère,

A la vue attendrie offre l'empreinte austère,

Et, conservant encore un reste de splendeur,

Son vêtement décèle un illustre malheur.

L'enfant, pour dissiper sa profonde tristesse,

Etale devant lui la corbeille qu'il tresse;

Il dépose à ses pieds ses deux ramiers chéris,

Heureux, si l'inconnu l'a payé d'un souris!

Il lui dit que ses yeux reverront la contrée,

Et le toit où respire une mère adorée;

Et comment, au retour, il pourra raconter

Les périls et les maux qu'il eut à surmonter.

Le voyageur s'écrie : « O mon fils ! sur la terre,

» Je n'ai pas un ami qui plaigne ma misère.

» Il me reste une sœur..... espoir trop incertain !

» La plante sans appui ne fleurit qu'un matin,

» Le fougueux aquilon brise sa faible tige ! »

Il gémit : avec lui le jeune enfant s'afflige ;

Il veut sécher ses pleurs, et ses bras innocents

Ont entouré son cou de leurs nœuds caressants.

Le pasteur craint bientôt que son fils n'importune

Celui que sous son toit amène l'infortune :

» Mon cher Paul, a-t-il dit, après de longs travaux,

» Le voyageur lassé désire le repos.

» Viens ; je vais terminer la lecture touchante

» Qui, depuis les frimats, chaque soir nous enchante. »

La famille l'entoure ; et seul, le voyageur,

A l'écart est resté gémissant et rêveur.

Lors, cet heureux berger, qu'instruisit la nature,

D'un ton simple et sans art commence sa lecture :

Le vers harmonieux célèbre tour à tour

Les horribles combats, les douceurs de l'amour,

Le sombre désespoir l'œil hagard et sans larmes,

Et la paix des forêts, et la gloire et ses charmes.

Mais sa voix s'attendrit ; sa voix a raconté

Quel sort affreux poursuit une jeune beauté.

D'un incurable amour cette vierge blessée

Dans le camp des Chrétiens reporte sa pensée;

Elle aime, et son amant ignore son ardeur.

Ah ! pourquoi naquit-elle au sein de la grandeur?

Si la fille des rois était simple bergère,

Heureuse, on la verrait danser sur la fougère;

Elle ne fuirait pas les plaisirs des hameaux,

Ces plaisirs dont la vue aigrit encor ses maux;

Et, dans l'ombre des bois, seule avec sa souffrance,

Elle ne dirait pas : pour moi plus d'espérance!

Il se tait : tous ensemble ils plaiguaient ces malheurs;

L'inconnu vainement voulait cacher ses pleurs.

En le voyant pleurer, le montagnard s'écrie :

« L'opulente Ferrare est-elle ta patrie?

» Connais-tu Torquato ? de gloire environné,

» Par d'illustres faveurs près d'Alphonse enchaîné,

» Va-t-il tendre toujours une main secourable,

» A l'être infortuné qu'un sort contraire accable?

» Parle, je t'en conjure, et satisfais mon cœur;

» Je dois à Torquato la vie et le bonheur.

» Epuisé par trois ans d'un horrible esclavage,

» Quand du bel Eridan j'abordai le rivage,

» Je mourais sans secours; ce mortel généreux

» Ne me connaissait pas, mais j'étais malheureux.

» Un vieillard inconnu devant moi se présente:

— » Tu pleures, me dit-il, loin d'une épouse absente,

» Etranger; sans espoir, en ces lieux tu gémis;

» Prends cet or; Torquato, pour toi, me l'a remis;

» Garde son souvenir. — Je revis ma montagne,

» Je revis mon vieux père et ma douce compagne,

» Et près d'eux j'oubliai mes fers et ma douleur.

» Ah sans doute le ciel bénit mon bienfaiteur!

» De bonheur et de gloire il embellit sa vie.

» O fortuné poëte! ô sort digne d'envie! »

— « Chéris ton toit de chaume, a repris l'étranger,

» Ton destin est obscur, mais il est sans danger ;

» Ami, j'ai vu le Tasse; il maudissait sa gloire.

» Aux plus doux sentimens son cœur avait pu croire ;

» Et de ses vils amis l'affreuse trahison

» L'a jeté sous les murs d'une infâme prison!

» Les cruels! ils ont dit à toute l'Italie

» Qu'on cherchait vainement sa raison affaiblie;

» Qu'il n'était plus le Tasse!.... Il trompa leur fureur;

» Il fuit; et comme moi, malheureux voyageur,

» Peut-être, maintenant, hélas! il erre encore,

» Et pleure, en répétant le nom d'Eléonore....»

Des larmes à ces mots s'échappent de ses yeux,

Et son triste regard s'est tourné vers les cieux.

Les premiers feux du jour éclairaient la nature,

Et des Alpes doraient les cîmes sans verdure;

Enviant du berger le paisible sommeil,

L'étranger en silence attendait son réveil.

Par un regard naïf, et par un doux sourire,

Près de lui, dans ses bras, le jeune enfant l'attire;

Lui parle encor d'espoir, de parens, de retour,

Et surtout de sa sœur, objet d'un saint amour!

Avant de le quitter le voyageur l'embrasse:

« Cher enfant, lui dit-il, je suis l'ami du Tasse;

» Un jour, si les destins lui sont moins rigoureux,

» Il récompensera tes secours généreux.

» Adieu; puisse toujours ton heureuse existence,

» Loin des cours, ô mon fils, couler dans l'innocence!»

Il dit, et lentement s'éloigne du berger,

Dont le regard au loin suit long-temps l'étranger.

Déjà le vert bouleau, sous l'aquilon sauvage,

Ne courbait plus un front dépouillé de feuillage,

Et l'oiseau des rochers, par ses hymnes d'amour,

De la saison d'aimer célébrait le retour.

Un soir, devant le seuil de la pauvre chaumière,

Un char s'est arrêté, tout couvert de poussière.

Paul accourt contempler les coursiers haletants,

Et les harnois, de pourpre et d'or étincelants.

Il appelle ses sœurs, il appelle sa mère;

Et lui-même attiré, le pasteur considère

Un vieillard dont la main lui présente un écrit;

Sa vue erre incertaine, et le vieillard sourit.

« De me persécuter le sort enfin se lasse;

» Mon cher Paul, viens à Rome et tu verras le Tasse.»

— « Il ne m'a point trompé, » s'est écrié l'enfant,

Et soudain vers le char il vole triomphant.

L'heureux père attendri se rend à sa prière;

On part; et quand deux fois, saluant la lumière,

L'alouette eut repris ses chants mélodieux ,

Rome leur apparut sous un ciel radieux.

O surprise! partout s'est offerte à leur vue

D'un triomphe éclatant la pompe suspendue;

Les temples, les palais étaient ornés de fleurs,

Et chacun cependant laissait couler des pleurs.

Du mont où les vainqueurs, ivres de leurs conquêtes,

Des rois chargés de fers proclamaient les défaites,

Et guidaient leurs soldats levant un front altier,

Où Pétrarque, ceignant un immortel laurier,

Oubliait et Vaucluse et sa longue disgrâce,

Descendait un cercueil... c'était celui du Tasse.

www.ingramcontent.com/pod-product-compliance
Lightning Source LLC
Chambersburg PA
CBHW061447170626
46811CB00005B/2400

* 9 7 8 2 0 1 4 5 1 8 6 2 7 *